BLAUWERK

AUS DEN AUFZEICHNUNGEN VON ELIAS A.

Peter Heinl

BLAUWERK

AUS DEN AUFZEICHNUNGEN VON ELIAS A.

THINKAEON

www.thinkclinic.com

drpheinl@btinternet.com

Twitter: @DrPeterHeinl und @Thinkclinic

Facebook: peter.thinkclinic und thinkclinic

LinkedIn: Peter Heinl

Xing: Peter Heinl

Gestaltung und Umsetzung: uwe kohlhammer

Umschlagabbildung: Peter Heinl

Professor Dr. Dr. h.c. Ina Rösing,

die ihr Leben dem Ringen um das Verstehen

ferner Menschenwelten widmete,

in Dankbarkeit

und

zum Gedenken

An jenem Tag im blauen Mond September

Erinnerung an die Marie A.

Bertolt Brecht, 1920

INHALT

An die verehrte Leserschaft

Auch wenn der Eindruck naheliegt,
Elias A. stelle eine wirkliche Person dar,
so ist dem nicht so.

VORWORT

BLAUER ALS BLAU

„Ich denke an nichts, wenn ich male, ich sehe Farben",

sagte der Maler Paul Cézanne.

Bei Peter Heinl sollte man zwar das Denken niemals

ausschließen, aber im vorliegenden Text sind die Gedanken

auch durch Farben bzw. durch eine Farbe bestimmt, die zur

Isotopie wird, zur Obsession, zur Passion: Es ist die Farbe

Blau, die Novalis in der blauen Blume als Sehnsuchtsmotiv

schlechthin beschworen hat, es ist das Blau, das Himmel und

Meer in unserem Blick auszeichnet, es ist die Lieblingsfarbe

der meisten Menschen, so heißt es.

Blau ist eine populäre Farbe, sie steht für Harmonie. Aber sie kann auch anders wahrgenommen werden – als kühl, als geheimnisvoll, als Nachtfarbe. Im Theater wird blaues Licht meistens für kühle, bedrohliche Atmosphären verwendet und auch immer wieder für Traumsequenzen. Es steckt viel in diesem Blau – vom „Blauen Reiter" für sich in Anspruch genommen, von Yves Klein ausschließlich und von Henri Matisse fast ebenso verwendet.

Krzysztof Kieslowski hat in seiner Farben-Trilogie *Drei Farben* im ersten Teil *Drei Farben Blau* einen Film, ausgehend von der Trikolore Frankreichs, über Freiheit gemacht. *Blau ist eine warme Farbe* von Abdellatif Kechiche wiederum hat Blau neu konnotiert, weg vom kalten Eindruck, und ist ein Coming-of-age-Film über die Akzeptanz gleichgeschlechtlicher Liebe.

Die Assoziationen zur Farbe Blau sind endlos ...

Peter Heinls *Blauwerk* bündelt sie alle unbewusst. Er

prüft Blau, er wendet es hin und her, er öffnet dem Blau als

solchem neue Räume, er schafft eine Hymne auf das Blau, er

beleuchtet aber auch dessen Schattenseiten. Mit dem Bezug

zu Bertolt Brechts *Marie A.* schafft er eine Ewigkeitserinne-

rung dieser Farbe, mit seinem Protagonisten eine Art posi-

tiven Wiedergänger Gregor Samsas aus Franz Kafkas *Die*

Verwandlung.

Blauwerk, der Nukleus des Werks, hat zwei Analogtexte

zur Folge, die das Thema Blau überführen und ausmeditie-

ren: *Die blaue Wiege der Erinnerung* ist eine Petitesse, eine

Meditation über Umziehen, Veränderung, Neugierde und

Angst vor Neuem – ein Kabinettstückchen. *Oszillierende*

Gedanken schließlich ist Peter Heinls Version von *Brief an*

meine Mutter von Georges Simenon.

Folgen wir als Leser dem Blau auf vertrauten und neuen Pfaden in diesem irisierenden Werk.

Boris C. Motzki   *Darmstadt, 14. Juli 2018*

Der Verfasser des Vorworts Boris C. Motzki arbeitet als Dramaturg am Staatstheater Mainz und ist freischaffender Regisseur und Autor.

www.borismotzki.de
www.favouriteplays.de

BLAUWERK

I

Blau, ein über dem Samt der Worte schwebendes, unsäglich leuchtendes Blau durchströmte Elias A., als er am Morgen noch träumend in wortfernem Schlaf lag, in einer geheimnisvollen Welt, in die Worte selten vorstießen. Selbst wenn sie es taten und grazilen Figuren gleich vor ihm standen, hatten sie sich ohne sein Mitwirken geformt. Sie schienen rätselhaften Quellen zu entstammen, als seien sie aus einem geheimnisvollen Brunnen oder aus schweigenden Kluften der Erdrinde aufgestiegen.

Elias A. vermochte das tief in die Dimension innerer Räume reichende Blau nicht in Worte zu fassen. Wie ein großes Zelt spannte sich das Blau im Raum der Imagination auf, als sprenge es die Zeit und als blähe es sich bis an den Rand seines Bewusstseins auf. Kraftvoll drängte das Blau andere Erscheinungsformen, die in Elias A.s morgendlicher, sich durch eine sanfte Schwerelosigkeit auszeichnenden Verfassung gegenwärtig waren, beiseite.

Er war überrascht, als in ihm während des Überschwemmtwerdens durch das Blau die Frage auftauchte, ob das Blau am Rand seines Bewusstseins innehalten oder sich bis ins Unendliche erstrecken würde.

Elias A. schwebte in einem blautrunkenen, träumerischen Bewusstseinsraum, der unbesehen der Begrenztheit seiner Schädelkalotte ein ganzes Universum barg, das weder von Sonnen, Planeten, Monden, Kometen noch Sternschnuppen durchzogen wurde und in dem es weder blaue Meere noch blaue Menschen gab, jedoch einen von der Vollkommenheit eines unvergleichlichen Blau erfüllten Kosmos, wie er ihm in der Wirklichkeit und in seiner Fantasie nur in entfernten Anmutungen begegnet war.

In der Stille und Abgeschiedenheit seines in ihm herrschenden Universums wurde Elias A. von der Dimension von Blau, einer Farbe, der er bislang in unreflektierter Selbstverständlichkeit begegnet war, geradezu überwältigt. Gleichzeitig durchdrang ihn die Erkenntnis, dass das Blau, so intensiv es am Himmel der inneren Wahrnehmung aufleuchtete und so sehr es sich im Amulett all seiner Tönungen darstellte, nicht mit Worten einzufangen und zu beschreiben war.

Selbst wenn es für das Beschreiben des Blau Worte gegeben hätte, hätte er sich nicht in der Lage gesehen, Hand an sie zu legen, um die Intensität, die irisierende Dimension, die zarten Nuancen des Blau zu erfassen und das Wesen des Blau bis in dessen feinste Verzweigungen mithilfe von Worten nachzuzeichnen. Er spürte, dass ihm ein Versuch der Beschreibung mit Worten in vollkommener Präzision niemals gelingen würde, anders als es einem genialen Maler wie Rembrandt gelungen war, die verzaubernde Magie des Lichts auf seinen großartigen Werken mithilfe seiner Malkunst zu Papier zu bringen – da Worte sich auf anderen Umlaufbahnen bewegen als die bunten, lichttrunkenen Falter der Farbenwelt und es so vielleicht niemals möglich sein würde, mit Worten die Einzigartigkeit des Blau wie ein wirklicher Spiegel abzubilden.

Elias A. wurde bewusst, dass für ihn die Worte erst nach dem Blau kommen würden, wie auch ein Echo erst nach dem Laut, dem es seine Erzeugung verdankte, entsteht. Er erlebte den Widerspruch zu dem, was er einst erlernt hatte: Dass am Anfang das Wort gewesen sei. In der Wirklichkeit seines Erlebens an jenem Morgen war das Blau am Anfang erschienen, und zwar nur das Blau – in der Übermacht seiner visuellen Wesensform und ohne die Begleitung von Worten.

Zudem war Elias A.s Aufmerksamkeit neben der majestätischen Eleganz des Blau ein ebenfalls gegenwärtiges Phänomen nicht entgangen – dass sein Erleben in ein wortloses Staunen eingebettet war. Ein Staunen über das Opus magnum des Blau in seiner Innenwelt, ähnlich dem Blau des Himmels der äußeren Welt, das in seiner Kindheit in seine Seele geflutet war und ihn mit einem unvergessenen Staunen erfüllt hatte.

II

Blau, ein unvergleichliches, unbeschreibliches Blau hatte

Elias A. vor sich gesehen und sah es noch immer, als er den

Körper den Erwartungen des anbrechenden Tages unter-

warf, indem er ihn dazu aufforderte, sich aufzurichten. Ein

Akt, für dessen Gelingen die Evolution endlose Zeiträume

benötigt hatte. Und den er durchführen konnte dank der

Gnade eines gütigen Schicksals, das die Leitungsbahnen der

Nerven in funktionsfähigem Zustand erhalten hatte, was es

dem Willen ein leichtes Spiel machte zu behaupten, er sei

es, der die Beine, das Becken und die filigrane Struktur der

Wirbelsäule in eine senkrechte Position manövrierte, um

der Einwirkung der Schwerkraft zu trotzen. Was ohne die

ungeheure Leistung neuronaler Impulse undenkbar gewesen wäre, die Wellen von Erregungen über weite Strecken seines Körpers ziehen ließen, geräuschlos, ohne jedes Aufheben und ohne ein Zeichen der Dankbarkeit zu erwarten. Und die letztlich souverän den Anmaßungen der Willenskraft ins Auge sahen, die vermeinte, ein solch großartiger Schritt, wie es die Aufrichtung des Körpers von der Horizontale in die Vertikale darstellte, sei allein ihr zu verdanken.

Das Tun der neuronalen Zellen war davon geprägt, ihr Werk in unauffälliger und wirkungsvoller Form zu vollbringen, ohne die Willenskraft ihrer Illusion der alleinigen Verantwortung zu berauben. Denn welcher Sinninhalt bliebe dem Willen, der sich so selbstherrlich und unersetzlich fühlte, wäre er zu der Erkenntnis gezwungen, dass sein Einfluss auf Elias A.s Bewältigung des Sich-Aufrichtens sehr viel bescheidener war, als es seiner Einbildung entsprach?

So saß Elias A. auf seinem Bett, das während der vergangenen Nacht die Heimstatt für seinen Körper gewesen war, richtete seinen Oberkörper auf, fühlte sich von dem ersten Tageslicht, das sich blinzelnd durch die Jalousien tastete, berührt und versuchte, umsichtig die nächsten Schritte in Richtung des sich vor ihm ausbreitenden Tages ins Auge zu fassen.

Gleichzeitig war er damit beschäftigt, die Orientierung für den Körper, der ihn trug und der sich gerade aufgerichtet hatte, in seiner ganzheitlichen Form wiederzufinden – einer Wesensform, die er am Abend zuvor im Versinken des vorangehenden Tages an der Pforte des Bewusstseins wie an einer geheimnisvollen Garderobe abgegeben hatte, um sich in die Weite der Nacht zu begeben, in deren Verlauf es ohne Ankündigung immer wieder aufs Neue zu unvorhergesehenen Überraschungen gekommen war.

Selbst wenn es am Vorabend eine Ankündigung gegeben

hätte, was er hinsichtlich der Begegnung mit dem irisieren-

den Blau erfahren sollte, wäre ihm eine solche Ankündigung

letztlich unverständlich geblieben. Wie wäre es ihm möglich

gewesen zu begreifen, welch ungewöhnliche, seine Vorstel-

lungskraft sprengende Erfahrung ihn erwarten würde?

Zudem war für ihn das Erwachen im Licht feiner Strah-

len, die durch die Jalousien blinzelten, immer aufs Neue eine

Herausforderung, um den Körper, der an der langen Leine

der Nacht durch weite, ferne Räume streifte, wieder an sich

selbst zu ziehen.

Elias A. nahm wahr, wie sehr die Nacht ihm den Körper

entfremdet hatte, als erginge es ihm wie einem Musiker, der

den Leib seines ihm ergebenen Cellos aus der Hand hatte

geben müssen. Und der sich nun, da er das Cello wieder in

Händen hielt, bemühte, aus dem ihm fremd gewordenen

Instrument erneut die Klänge der Vertrautheit hervorzulocken und mithilfe der Fertigkeit der Finger, der Haltung der

Hände, des Flusses des bogenführenden Arms den Dialog

zwischen dem eigenen Körper und dem Tonkörper des Cellos

neu zu beleben, um aus der Begegnung zwischen den bei-

den Körpern jene glückliche Synthese entstehen zu lassen,

die dank ihrer scheinbar anmutigen Leichtigkeit als Kunst

bezeichnet wird.

Langsam fühlte Elias A., während er noch dem unver-

gleichlichen Flair des Blau nachsann, dass sich in ihm ein

stiller, aber dennoch in seinen feinen Schwingungen ahnba-

rer Dialog im Sinn einer Wiederannäherung zwischen seinem

Bewusstsein und dem Körper vollzog, den er am gestrigen

Tag am Tor zur Nacht abgegeben hatte, und der ihm heute,

im Erwachen aus dem über allen Worten schwebenden Blau,

wieder übergeben worden war.

Er empfand sich als Spielball von Kräften, die tagaus, tag-

ein Gefallen daran zu finden schienen, ihm abends zu später

Stunde den Körper zu entlocken, um ihm diesen in der Frühe

des Morgens wieder zurückzugeben – ihn gleichzeitig in dem

Glauben belassend, der gestrige Körper sei der gleiche wie

der heutige, der sich soeben im Aufwachen befand, obgleich

der gestrige und der heutige Körper niemals der gleiche sein

konnten, da sich die Zeit nicht aus den Angeln heben ließ.

III

Blau, ein unvergleichliches, unbeschreibliches Blau war

Elias A. an diesem Morgen in der lautlosen Stille eines Traums

erschienen, bis an den Rand seiner Wahrnehmungsfähigkeit,

wo das innere Auge die überdimensionale Fülle dieses Blau

noch in sich aufzunehmen vermochte, bevor es selbst vom

Blau überflutet worden und dann vielleicht für den Rest sei-

ner irdischen Existenz in traumversunkenem Schweben ver-

gangen wäre. Wobei dieses Vergehen ein zeitloses gewesen

wäre, weil auch Wolken am Himmel nur für den Beobachter

vergehen, ohne selbst über ein Bewusstsein darüber zu ver-

fügen, ob sie vergehen, da es ihnen aufgrund ihres wolkigen

Wesens an Zeitsinn mangelt.

Elias A. empfand, dass das Blau, das aus unendlichen Fernen und Gezeiten auf ihn einströmende und ihn überflutende Blau, in ihm durch die irisierende Magie seiner Zärtlichkeit Neues geschaffen hatte – neue Bilder, neue Gedanken, neue Empfindungen – und so sanft wie Schneeflocken Worte in ihn wehen ließ. Wobei Wehen ein bereits zu drängender Begriff ist, da es um sich um ein Wehen der hauchhaftesten Art handelte.

Es waren Worte, die Elias A. weder gedacht hatte, noch zu beeinflussen vermochte. Die Worte geschahen, wie auch das Blau geschehen war. Das Staunen, das aus dem Blau aufgestiegen war, ergriff die Worte, die in sein Bewusstsein schwebten, wie Purpurschnecken von den weißen Kronen des unendlichen, blauen Meeres an die Küste geschwemmt werden.

Das überwältigende, unbeschreibliche Blau geschah im stillen Glanz eines großen Staunens an einem gewöhnlichen Tag im Leben von Elias A..

IV

Blau, ein sich Worten letztlich entziehendes und durch sie nicht fassbares Blau, hatte El as A. in seinem träumerischen Schlaf gesehen, ein Blau wie im Bild der hoch am Himmel fliegenden Kraniche, die mit auf- und niedergleitenden Flügeln dahinzogen, als schwämmen sie durch einen blauen, himmlischen See, den ein silberner Glanz umrahmte.

Ein Blau, das dem Körper von Walen glich, die, so schwer sie auch in den Wellen wogen, dennoch mit kaum fassbarer Leichtigkeit durch die Meere gleiten, immer wieder im Blau des Ozeans sich dem Blick entziehend und verschwindend, um blaugetränkt mit einer Wucht an die Oberfläche zurückzukehren, als hätten sie Kräfte gesammelt, um bis in die Wolken vorzustoßen.

Um ihnen, den weißen Wolken, die im blauen Meer des Himmels dahintrieben, Gesellschaft zu leisten und umhüllt von ihnen, zischende Fontänen des Wohlgefallens ausstoßend, über die Kontinente zu reisen.

Um dann, wie ferne Himmelswesen wieder aus den Wolken auftauchend, die Erde und die blauen Meere aus der Höhe des Himmels zu bestaunen und Lust zu verspüren, auf ihren großen Reisen auch andere Planeten, das Blau der Milchstraße zu erkunden, die wie eine gigantische Lichtmeerströmung durch die Fantasie des Weltalls zog.

So würden die Wolken allein und ohne die majestätische Gesellschaft der Wale um die Erde kreisen, wie auch die Meere in stummer Trauer zurückgelassen weinten, während die Milchstraßenströme in hellen Lichtfontänen sich tummelnder Wale aufleuchteten und jubilierten.

V

Ein Blau. Ein Blau von so andächtiger Tiefe wie das Blau in

den hohen, schlanken Glasfenstern der Kathedrale in einem

fremden Land mit einer fremden Sprache. Die er, Elias A.,

nur mithilfe unermüdlicher Willensanstrengungen gemeis-

tert hatte, da ihn alle Sprachen, so auch die erste, zunächst,

und manchmal mutmaßte er vielleicht für immer, im geheim-

nisvollen Labyrinth ihrer Töne, Klänge und Sinne nahezu in

Sprachlosigkeit ertränkt hatten.

Wie ihm bewusst geworden war, dass es vor der Sprache,

die an der Hopfenstange der Jahre zu seiner ihm eigenen

herangewachsen war, einmal eine ihm unfassbare Sprache

gegeben hatte, deren Sinn er nicht verstand, die ihn dennoch wie der Anblick des blauen Lichts, das durch die hohen

Fenster der Kathedrale fiel, in ihrer Sinnlosigkeit berührte.

Wie ihn auch vieles andere, das sich seinem Begreifen

entzog, berührte und vielleicht mehr berührte als das, was er

verstand, aber auch verwirrte, weil er nicht verstand, warum

es ihn berührte, bis er es treiben und seinen eigenen Kreisen

im Strom der Zeit überließ.

In dieser Kathedrale im Halbdunkel, umgeben von einem

fremden Land, das in fremde Laute und Worte getaucht war,

stand Elias A. wie in einer blauen Stille, die in riesigen Mau-

ern und hohen Gewölben geborgen war und die Licht in das

Innere des Raums sandte, das ihn sanft in sprachloses Stau-

nen gleiten ließ, wie der Wind sacht ein Blatt vom Erdboden

aufhebt, es ein Stückchen des Wegs in die Hand nimmt, um

es ebenso achtsam wieder zu Boden gleiten zu lassen.

Elias A. war von der Zeitlosigkeit dieses Blau umfangen,

im sprachlosen Sommer dieses Blau, im Zenit eines Blau, das

sich aus zahllosen einzelnen Glasmosaiken, aus vielerlei Bre-

chungen, fächerartigen Aufsplitterungen und erneuten, sich

spiegelnden Zusammensetzungen der Lichtwellen zu einer

Gemeinsamkeit des Ausdrucks gefunden hatte, um wie eine

Tonkomposition aus dem orchestralen Zusammenspiel vie-

ler einzelner Glaskomponenten ein aus blauen Bausteinen

konfiguriertes Bauwerk, ein Blauwerk, zu schaffen, das den

Gang der Gegenwart mit den Farbnuancen einer visuellen

Symphonie erfüllte, deren stille Noten von Menschenhand

in unsäglicher, mühseliger Arbeit aus unzähligen Glasteilen

zusammengefügt worden waren, die in der übersinnlichen

Regie des Lichts ihre Kunst zelebrierten, eine Kunst, die bei-

nahe der Barbarei zum Opfer gefallen war, dann aber dank

des Eingreifens höherer Mächte gerettet wurde.

Im Sehen und Staunen des Blau, das sich mit der Dre-

hung der Erdkugel langsam verdunkelnd der Umarmung der

Nacht zuwandte und wortlos wie ein blauer Edelstein auf

den Grund seiner Seele glitt, versank Elias A..

VI

In einem Blau gleich dem Blau surrealer Antilopen, die

durch weiße Eiswüsten jagen, unbeirrt von der Kälte, nicht

wissend, dass sie aus der Wärme subtropischer, braunschim-

mernder Savannen in die grenzenlose Weite der Eiswüste

gelangt sind. Mit ihrem Blau entzünden sie ein Spiel blauer

Funken am Horizont, einer Fata Morgana vergleichbar, die in

ihrer Vertauschung von Wirklichkeit und Unwirklichkeit den

Beobachter narrt.

Elias A. erschien dies denkwürdig wie so vieles, weil es

so schwer, so unendlich schwer ist, zu wissen zu vermögen,

ob das Wahrgenommene wirklich ist oder nicht und ob er

den eigenen Augen vertrauen dürfe, die blaue, in die Höhe

stürmende Zeichen am Horizont wahrnehmen, Erscheinungen, die es in der weißen Eintönigkeit der Eiswüste gar nicht geben sollte.

Elias A. spürte, dass es ihn in Verwirrung stürzen würde, in dieser weiten, schneebedeckten Wüste Erscheinungen zu sehen, die ihn verlocken würden, sie aus größerer Nähe zu betrachten, um sich als blaue Antilopen, in die weiße Unwirklichkeit versetzte Lebewesen zu entpuppen. Anmutige Wesen, die unbeachtet der klirrenden Kälte umherspringen und sogar in anrührender Zahmheit auf ihn zukommen. Die ihn belecken und mit ihren blauen und schneckenartig verdrehten Hörnern an seinem eingefrorenen Bart berühren. Ihn einer Wüstensprache mächtig mit Worten anreden, die ihm nicht geläufig sein würden, die aber in ihrer in solch reines Blau getauchten Klangfarbe bedeuten würden, dass er, Elias A., willkommen sei und sich wohlfühlen dürfe, um sich dem Atem des Willkommenseins hinzugeben und aus den blauen, kunstfertig gedrechselten Hörnern blauer Anti-

lopen den goldenen Honig des Vertrauens zu trinken.

VII

Blau, ein unbeschreibliches Blau. Das Blau der Schnäbel

feuerroter Papageien. Das Blau von Schimmeln, die durch

blaue Wolken fliegen. Das Blau von Lilien, die sich im Mor-

gentau baden. Das Blau von Walrossen, die sich in blauen

Eisbergen spiegeln. Das Blau von Kornblumen, die sich im

Duft des Sommers wiegen. Das Blau atemlos suchender

Wege, die durch die Lande irren. Das Blau unschuldig ver-

gossenen Blutes. Das Blau von Karussells, die sich in den

Himmel schrauben, immer schneller und immer höher in das

Blau der Unendlichkeit. Das Blau der Sprache, die sich im

Ozean der Erinnerung verliert. Das Blau stiller Töne, die im

Abendlicht verschwimmen. Das Blau der Sandwüsten, die der Einsamkeit der Nacht entgegensehen.

Das Blau der fernen Ahnung eines Gesichts, das Elias A. sein Leben lang suchte, aber nie finden konnte, weil sich dessen Konturen im Blau des Nichtfassenkönnens auflösten. Das Blau des Stroms ungeweinter Tränen. Das Blau ferner Stimmungen, die wie blaues Wild zu scheu waren, sich näher an Elias A. heranzuwagen. Das Blau von Masken, die durch die Straßen der Erinnerung zogen, ausgelassen blaue Fähnchen schwenkend. Das Blau des Zirkuszelts, aus dem dröhnendes Lachen weit in den blauen Himmel stieg. Das Blau hoher, wehmütiger Türme, die über einsamen Landstrichen standen und schwiegen, weil sie schon so viel gesehen hatten. Das Blau von Gleisen, die im Silber des Horizonts verschmolzen.

Das Blau des Kahns in der Dämmerung, der sprachlos über den See glitt. Das Blau der Harfe, die Klänge seltener

Zartheit aufsteigen ließ. Das Blau des Tors, das in mit blau glasierten Vasen und Schalen gefüllte Räume führte. Das Blau der Pyramiden, die im Sand Teer der Wüste von wolkenlosen Küsten träumten. Das Blau der Perlhühner, die aufgescheucht in hohen, blauen Baumkronen Zuflucht suchten.

Das Blau übermächtiger Fluten, die weite Landstriche ertränkten. Das Blau unbarmherziger Peitschen, die Körper zusammenzucken ließen. Das Blau der Augen von Widdern, die sich gegen ihr Schicksal aufbäumten. Das Blau wilder Anemonen, die dem Wind zulächelten. Das Blau stiller Ufer, die mit den Wellen spielten. Das Blau sich in fernem Sternenlicht spiegelnder Nächte.

Das Blau in die Unwiederbringlichkeit verbannter Sehnsüchte.

VIII

Ein unbeschreibliches, jenseits von Worten schwebendes

Blau.

Und dann stieg aus dem Blau – wie eine Perle, die auf

einer weißen Wellenkrone getragen wird, wie ein Kahn, der

hoch über den Silberrand des Horizonts gehoben wird, wie

ein Vogel, der über die höchsten Türme hinaus in den Zenit

steigt, wie ein silberner Fisch, der aus der Tiefe des Meeres

kommend und sich lächelnd über die Schwerkraft hinwegset-

zend die gebogene Oberfläche des Meeres überspringt, um

in die Wolken zu tauchen; wie ein Kerzenlicht, das zu einem

Stern heranwächst, wie eine Träne, die sich in die Weite

eines Sees wandelt, wie die kleinste Form von Sein, die Elias

A. einmal gewesen war, und die sich dank der magischen Verkettung günstiger Umstände und im Segen der Zeit in das Wesen verwandelt hatte, das er, Elias A., jetzt verkörperte, auch wenn diese Verkörperung nur ein fließender Zustand war und immer sein würde, da er sich im Flussbett der Zeit immer neu verlieren und neu finden würde und nicht anders existieren könnte, als so zu sein...

Da wuchs aus diesem in Worten nicht fassbaren Blau, für das Worte immer nur kleinste Facetten, aber nie den Atem des Ganzen einfangen konnten, wie Worte niemals alle Nuancen von Blau eines gewaltigen Meeres und niemals dessen wüstenhafte Weite und Tiefe und zeitloses Wiegen zu beschreiben vermochten...

Da wuchs aus einer Kraft, die Elias A. an die Art und Weise erinnerte, wie eine mächtige Welle eine zerbrechliche Purpurschnecke an den Strand schob, kraftvoll und doch mit einer rührenden Sorgfalt, damit die Schnecke nicht zer-

schellte und ihre kostbare Farbe verblutete...

Da wurde das Blau – als zöge es sich für einen Moment

zusammen, um sich in seiner Intensität noch intensiver

zu verdichten – zu einer schöpferischen Kraft, die Neues

erzeugte, wie vor Jahrtausenden einmal eine Göttin aus dem

Blau des Meeres gestiegen war.

Das Neue entstand für Elias A. in dem Kosmos des Blau,

der seine inneren Räume erfüllte. Und entzog sich ihm, der

nunmehr damit beschäftigt war, den letzten Schluck Früh-

stückstee einzunehmen, einer wirklichen Fassbarkeit, von

einer Verdichtung seiner Gefühle bestimmt, in deren atem-

beraubender Spannung alles spürbar zu sein und sich wider-

zuspiegeln schien, was er jemals in seinem Leben gefühlt

hatte.

IX

Elias A. empfand es wie eine Geburt.

Und scheute den Vergleich des Neuen mit der Geburt
nicht. Neues, das er nicht bewusst gestaltet hatte, war in
ihm entstanden. Wie auch das Staunen in der Gnade des
unvergleichlich unbeschreiblichen Blau, in dem großen, von
unendlichem Raum und unendlicher Zeitlosigkeit erfüllten
Blau herangewachsen war – erinnernd an ein Gedicht, das
sich selbst schrieb, dessen Zeilen wie die Linien des Horizonts vor ihm erschienen, dessen Klänge von fernen Winden
angeweht wurden, dessen Sinn aus eigenem Licht entstanden war und das sich aus dem Blau in die Vasen der Worte
ergoss.

Elias A. wusste, als er es niederschrieb, dass es für ihn

ein besonderes Gedicht war, ganz aus sich selbst geschaffen,

im einzigartigen Schauspiel dieser traumtrunkenen Nacht,

deren Glanz Elias A.s Tage fortan begleiten würde.

DIE BLAUE WIEGE
DER ERINNERUNG

|

War die Zeit blau oder gewölbt?

Schnitt sie sich im Unendlichen? Zog sie durch mich,

Elias A., hindurch wie geheimnisvolle Linien von Sehnsucht?

Sagte sie mir damals schon, dass sie mich immer begleiten

würde durch die Verwandlungen von Tagen und Nächten

und niemals im Augenblick gefangen verharren würde? Dass

jeder Moment des Jetzt die Wehmut des Vergangenen spie-

geln würde, ohne den Hunger auf die Zukunft jemals zu stil-

len zu vermögen?

Wie es damals war, weiß ich nicht. Es muss seltsam gewe-

sen sein. Hierüber nachzudenken sah ich mich nicht in der

Lage. Ich hätte nicht gewußt, wo einen Anfang zu machen

möglich gewesen wäre. Die Zeit erschien aus dem Nichtbegreifbaren, ähnlich einer aus dem Türkis des Wassers auftauchenden Muschel, die ihre Vergangenheit in der Tiefe des Meeres nie vergessen und ihr Geheimnis nicht preisgeben würde. Auch dann nicht, wenn ich versuchen würde, sie zu öffnen.

So war ich mir, dachte ich an diese ferne Zeit, selbst ein Geheimnis.

II

Gestern begann ich einen Umzug.

Ich möchte nicht umziehen, obgleich es die Notwendig-

keit diktiert. Ich habe eine Umzugsfirma beauftragt, aber als

mir schmerzhaft bewusst wird, dass fremde Leute das Sank-

tuarium meiner Wohnung betreten, meine Bücher und Hab-

seligkeiten in die Hand nehmen und effizient, aber seelen-

los verpacken werden – ein Schmerz, der wie die Zeit durch

mich zieht – entscheide ich mich, den Umzug selbst in die

Hand zu nehmen.

Müde war ich am Nachmittag in einen Schlaf versunken.

Der Blick auf die weißen Zimmerwände, auf den Vorhang

und meinen Körper entglitten mir. Mein Bewusstsein trieb

jenseits von Sprachinseln in das offene Meer der Sprachlosigkeit hinaus, als zöge mich die Zeit an den Horizont der Namenlosigkeit. Ich verblieb als ein wortloses Schweben. Erst nachdem meine Hände, Arme und mein Leib langsam zu mir zurückkehrten, kam mir der Gedanke von der blauen oder gewölbten Zeit.

Ich spürte, die Zeit zu schreiben war gekommen. Vielleicht über den, der ich in fernen Unbestimmtheiten einmal gewesen war.

So nahm mich die Sprache an der Hand und ich folgte ihr.

III

Ich liege in der blauen Wiege der Erinnerung.

Mit diesem Satz zwei Tage nach dem vorangehend beschriebenen Anfang zu beginnen, war mein heutiges Ansinnen. Immer wieder schwebte mir dieser Satz durch den Sinn, wie es manchmal Klänge im Innenraum tun, um ihn mit ihrer zarten Unbeschreiblichkeit, der berührenden Wärme imaginärer Kerzen, der Anmut von Wachsgeruch zu erfüllen.

Ich sehe im Innenraum stehende, still flackernde Kerzen vor mir und doch haben sie nur für mich eine wirkliche Präsenz, da ich sie niemandem auf dieser Welt zu zeigen vermag. Auch die Klänge, die durch das Gewölbe meiner inneren Welt ziehen und sie mit atemloser Andacht beschenken, kann ich niemandem vermitteln und mit niemandem teilen.

Die Unmöglichkeit des Mitteilenkönnens muss ich annehmen, obgleich es mich mit einem Hauch von Trauer erfüllt. Warum es mir wichtig ist, den Anblick zweier in Stille leuchtender Kerzen einem anderen Menschen zu zeigen oder die Sehnsucht miteinander schwingender Töne empfinden zu lassen, kann ich nicht sagen. Es ist rätselhaft. So wie es mir rätselhaft ist, mit welcher Anziehungskraft das Schauspiel einer in glühenden Farben sich in den Himmel brennenden Abenddämmerung den Blick in seinen Bann zieht.

Ich folge den wenigen Worten des Satzes „Ich liege in der blauen Wiege der Erinnerung" in verschiedene Gedankenrichtungen und auch dem Ich, das sich in eine Verschwommenheit des Unbegreiflichen zurückzieht, je mehr ich mich ihm anzunähern suche.

Ebenso spüre ich dem Begriff Liegen nach, das mehr als nur ein Sich-Anvertrauen an die Horizontale beinhaltet, nämlich den Versuch, die Bemühung, ja die Herausforderung der Fortführung und Aufrechterhaltung des Seins im Liegen. Auch dem Begriff Wiege folge ich, jenem Objekt sowie auch Symbol räumlicher, stiller und liebevoller Geborgenheit.

Was würde geschehen, würde ich in Bereiche gelangen oder mich verirren, in denen die Erinnerung in den Abgründen der Stille versickert, wo es keine Erinnerung mehr gibt? Würde das Fehlen von Erinnerungen bedeuten, dass auch ein Teil von mir fehlt, als sei ein Stück eines fragilen Glasmosaiks herausgebrochen, im Betrachter den Eindruck der Unvollkommenheit und Versehrtheit hinterlassend?

IV

Ich muss mich daran erinnern, dass es die Zeit des Umzugs ist. Ich befinde mich inmitten der schmerzlichen Auflösung alter Bezüge und des Versuchs des tastenden Anknüpfens an neue.

Auf dem Weg von der alten in die neue Behausung befahre ich in einem vollgepackten Wagen eine längere, gerade Strecke. Linker- und rechterhand zieht sich unbebautes Gelände hin. Die Monotonie bewirkt, dass das Autofahren einer geringeren Konzentration als sonst bedarf und den Gedanken ein größerer Spielraum geöffnet wird, sodass ich mich als ohne jeden Bezug im Raum schwebend erlebe. Die Räumlichkeiten, die ich bald verlassen werde, ziehen sich in eine Ferne zurück, in der sich ihre kubischen Formen auflösen.

Seltsamerweise scheuen sich auch die neuen Räumlichkeiten und ziehen sich zurück. Statt näher an mich heranzutreten, wandelt sich ihre Wirklichkeit in den Glanz einer zitternden Fata Morgana. Werde ich die neue Wohnung jemals erreichen? Wird das, was als eine Selbstverständlichkeit auf dem Plan der bewussten Zielführung als zukünftige Behausung eingetragen ist, auch tatsächlich die neue Bleibe sein? Selbst wenn die Logistik des Umzugs erfolgreich bewältigt sein sollte, würde auch mein Bewusstsein mir treu bleiben und willens sein, mit mir umziehen zu wollen anstatt mich zu verlassen?

Oder wird die Macht der Erinnerung ihr Szepter senken, um die alten Räumlichkeiten nicht mehr aus ihrem Griff zu entlassen und mich dazu anhalten, ja zwingen, unaufhaltsam und immer wieder an die alte, verlassene Wohnung zu denken, als sei ich nicht wirklich umgezogen, sondern als hätte ich nur die alten Räume in die neuen hineingepfercht?

Ich würde, mich in den neuen Zimmern befindend, gleich-zeitig im Käfig der Erinnerung in den alten gefangen sein. Vielleicht sogar in all den Käfigen früherer Wohnungen, Unterkünfte, Quartiere, Durchgangsstationen, in einer mehr oder minder wirklichkeitstreu rekonstruierbaren Sequenz von Räumen, deren Vielfalt der Formen ein Hauch von selt-sam Spielerischem anhaftet.

Würde ich versuchen, diese Sequenz, in der sich Bil-der, Worte, Schritte, schräge Lichtstrahlen, die Magie der Berührtheit durch Pflanzen, die auf dem Fensterbrett ste-hen, atemlose Spannung und die Gleichgültigkeit fehlen-der Erinnerungsfragmente ineinander vermischen und ver-schwimmen, einer Betrachtung zu unterziehen – würde mir dann der Gedanke kommen, dass auch mein Ich eine Sequenz ineinander greifender, miteinander verbundener oder verlöteter Metamorphosen darstellt?

V

Ein heftiges Spannungsgefühl im Kopf weckt mich nach einer traumlosen Nacht. Starre Wände bilden sich in meinem Inneren ab. Nur Flächen und Kanten sehe ich, aber keine Worte, die schwerelos gleitend den Innenraum durchziehen, da sie sich versteckt zu halten scheinen. Vielleicht wehte sie ein Traum wie ein Windstoß über den Rand des Bewusstseins in den Abgrund der Unwiederbringlichkeit.

Gern hätte ich heute wieder eine Passage geschrieben. Ich befürchte jedoch, es wird mir nicht gelingen, da mir die Worte fern sind. Ich könnte mich bemühen, sie zu suchen. Aber es wäre mühsam und den Worten würde jene Anmut des eigenen Tanzes fehlen, wenn sie sich leicht und selbstvergessen in die schreibende Hand bewegen.

Es muss einmal eine Zeit gegeben haben, als es weder Vergangenheit noch Zukunft gab. Ist dies die Möglichkeit eines Anfangs? Das Gefühl der Geborgenheit in der Zeit kommt mir in den Sinn. Ich sehe das Bild eine⁻ Muschel vor Augen, die in ihrer Schale eine Perle birgt und wiegt. Der Gedanke eines In-der-Zeit-Gewiegtwerdens, ohne über ein Bewusstsein dieser Zeit zu verfügen, wirkt neu und geradezu aufregend.

Ich stelle mir mich als kleinen Jungen vor, der an einem Steg stehend über eine weit sich dahinziehende blaue Wasseroberfläche sieht. Habe ich damals an Zeit gedacht? Wann habe ich zum ersten Mal an Zeit gedacht? Wie wusste ich, was heute, was gestern, was morgen ist? Was war Zeit damals? Was ist Zeit jetzt? War die damalige Zeit anders als die jetzige? Was wird Zeit sein, wenn die Zeit kommt?

Vor mir liegt die schweigsame Fläche der Wasseroberfläche, eingerahmt von den dunklen, baumunrandeten Konturen der Ufer. Jedoch weiß ich keine Zeit. Während ich mich
bemühe, meinen Gedanken zu folgen, wird mir bewusst,
dass ich mich heute schwer tue. Der innere Raum mit in küh-
lem Schiefergrau geschliffenen Flächen und scharf gezoge-
nen Kanten steht mir vor Augen. Aber ich selbst bin mir fern.

Ich bin nur ein Ausschnitt im Jetzt. Ich fühle in mir eine
zarte, zerbrechliche Schicht. Würde ich alle Schichten
zurückliegender Jahre betrachten wollen, so würde ich mich
in vielerlei Variationen und Körpergrößen sehen. Die Fremd-
heit, mit der ich heute am Morgen aufwachte, würde mich
jedoch weiterhin begleiten.

Ich versuche, aber es gelingt mir heute nicht, den Zugang
zu mir zu finden. Ich stehe vor einem glänzenden, kupfernen
Torschloss, das ich mit meinen Händen nicht erreichen kann.
Versuche ich es, so entrückt es mir. Vor mir ziehen sich die

glasierten Holzplanken des Tors in die Höhe, das reglos wie

eine Mauer vor mir steht.

Ich möchte zu dem Tor sprechen. Es würde nicht antworten. Ich würde es überspringen wollen. Ich habe keine Flügel.

Ich würde es aus den Angeln heben wollen. Ich habe keine

Kräfte. Ich würde mich einfach umdrehen wollen. Ich vermag

es nicht. Mit einer magnetischen Kraft zieht mich das Tor an

und entlässt mich nicht mehr aus seiner Nähe. Ich kann nur

warten. Warten ist eine unbarmherzige Eigenheit von Zeit.

Kommt wirklich kein Engel, um mich von der Zeit zu erlösen?

Ich muss jetzt ablassen, den Blick auf die reglos starren Flächen zu richten, denn es tut zu weh.

Zudem bin ich noch mitten im Umzug begriffen.

VI

Als ich heute nach einigen Nächtigungen in meinen neuen

Räumen aufwache und meinen Blick in den Novembermor-

gen richte, nehme ich nur die letzten Ausläufer einer Baum-

spitze wahr. Über ihnen sehe ich nichts außer der Ungreif-

barkeit des Himmels. Ich sehe auch keinen Vogel. Als ich mir

jedoch vorstelle, dass ein Vogel in langsamer Stille vorüber-

gleiten könnte, verwandelt sich mein Bewusstsein in den

schwebenden Leichtsinn seiner Bewegungen und neigt sich

in einer seltsamen Vertrautheit seinen Flügeln zu.

Ich kreise über den herbstlich-orangefarbenen Kronen

der Bäume, als entkäme ich der Schwerkraft der Zeit.

Es ist, als vergäße ich, dass ich erst wenige Tage in der neuen Wohnung bin oder mich aufhalte oder lebe, wie auch immer es sein mag. Beinahe, als könnte es immer so gewesen sein. Die früheren Räumlichkeiten sind mir noch gegenwärtig. Gleichzeitig bin ich erleichtert, dass ich den Banden der alten Räume, die mich durch die Ereignisse der Jahre an diese geflochten hatten, entkommen bin, als wollte ich auch ihrer Erinnerung entkommen. Mir fällt ein, dass wichtige Erinnerungsstücke in der alten Wohnung verblieben sind, die ich noch abzuholen habe. Aber dies möge mich jetzt nicht beschweren. Ich möchte im freien Raum der Unangetastetheit schweben und Erinnerungen wie einen feinen Luftschleier hinter mir herziehen. Ich möchte die Figuren neuer Erinnerungen am Himmel der Möglichkeiten aufziehen, um mir sagen zu können:

Dies sind Erinnerungen, die du dir auf die graue Schiefertafel des Himmels eingraviert hast.

Dieser Gedanke bestärkt mich. Gelingt es Menschen, ihr Leben zu gestalten und jeden Morgen mit dem Gefühl aufzuwachen: Auch heute erfülle sich mein Wunsch –, dann erlaube ich mir, heute nicht nur über die Krone des Baums zu kreisen, der dem Blick aus dem Fenster eine Verbundenheit mit der Erdrinde signalisiert, sondern auch zu mir sagen zu können:

Dieser Augenblick des Kreisens, diese Neigung des Bewusstseins in die selbstvergessene Unbefangenheit eines Schwebens wird nicht nur die Facette eines Morgens sein, sondern die kostbare Vase einer Erinnerung, die in ihrer sprachlosen Zartheit im Wandschrank des Vergangenen steht.

So sehe ich das Bild eines Säuglings vor mir, der auf einem vergilbten Foto in seinem Kinderwägelchen in den Himmel sieht. Der Säugling sieht alles und alles, was er sieht, wird Erinnerung sein. Während sein Blick über die

Grenzenlosigkeit des Himmels streift, füllt er sich mit der Erinnerung an ein Schweben, als kreise er über die Türme der Zeit, deren großer Gesang in der sprachlosen Landschaft der Erinnerungen steht.

Ich spüre, ich, Elias A., bin heute fern von der Wiege. Ich möchte mir nicht weh tun. So werde ich mich ziellos weiter schweben lassen. Dann werde ich mir eine Tasse Kaffee zubereiten.

Der Himmel hat sich in helleres Grau, ja zartes Blau gewandelt.

Es gibt tausend Wirklichkeiten.

OSZILLIERENDE GEDANKEN

I

Wehmut der Nächte und orangener Münder zaghaftes

Springen. Verloren, auch du.

In holunderfernen Türmen drängen die Fragen, leicht und

doch wie Flügel bläulicher Töne, die über silbernen Echos

das Stirnband ihres Schicksals bemessen. Denn wer zählte

das Blut der Steine, Grotten im Übermaß der Zirkel?

Sah ich nicht deine Hand? Sah ich nicht vom Balkon

des Leichtsinns in die Tränen deines Vergessens? Niemand

sprach und selbst die Fahne zitterte in Wellen der Entsa-

gung. Gebete schwangen in den Wolken.

Es hätte die letzte Station sein können. Aber es war nur

ein Zucken längst verblichener Schädel, die im Spiegel der

Hoffnung ihren karminroten Anstrich dem Altar der Zukunft vermacht hatten. Kein Platz bewies, dass d e Kornblume schon im Verblühen war. Wer hätte sie gerettet? Der kalte Marmor schwieg und manchmal tropfte ein seltenes Lächeln von den Glocken, die im Staub lagen.

Nur leere Schatten waren zu hören.

II

Weit offen stand das Tor.

Die Geheimnisse waren aufgebrochen, über die Ränder
der Wüsten hinaus, gezogen von hellen Wolkenbändern, die
die Gedanken entlang großer Flüsse trieben.

Am Ufer sah ich dein Bild.

Schwamm es auf einem Kahn oder war es nur eine leblose
Magie, getragen im Fluidum blinkender Steine, die sich ver-
geblich zu trösten versuchten? Denn wer sah sie? Wer sah
mich, Schimmer der Möglichkeiter? Greis schon und doch
verweht über die Fragmente von Meteoren, die die schlaflose
Nacht zu beleben versuchten.

Ich hörte den Klang eines Turms, gebadet im Licht einer Kerze. Wer hatte sie angezündet? War es deine Hand? Oder die Versuchung, die unter roten Dachrinnen steht, gebrochen im Abendlicht, unter den Portalen der He mkehr?

Warum antwortest du nicht?

Bist du eine Linde, ein Spiegel meiner sinnlcsen Rufe?

III

Spürte ich deine Hand?

Spürte ich den Atem der Planeten? Wandelten wir im Schoß der Milchstraße? Standen wir an jenem Kilometerstein, der kurz vor der türkisfarbenen Brücke steht, mit Bögen, die in die Himmel greifen? Ich weiß es nicht mehr. Bin ich blind dem Vergessen ausgeliefert? Ich könnte es vermutet haben. Aber ich könnte mit der gleichen Heftigkeit an das rote Zirkuspferd gedacht haben, das mich mit seinen toten Augen ansah, als wollte es mich bitten, seinen Augen Sprache zu gewähren.

Ja, ich tat es. Aber hättest du es mir geglaubt? Vielleicht hätte ich versucht, dich zu überzeugen. Aber dann hätte ich aufgegeben und wäre aus dem Fenster der milden Him-

mel gegangen, um mich in Entsagung zu üben, über weite,

unfassbar weite Felder und über Fenster hinweg, die hohl in

das Abendlicht blickten.

Ich sah, doch sah ich keinen Schrei.

IV

So saß ich in den Armen stiller Gebete ganz in wärmen-

den Schalen, die in bläulichem Porzellan an den Buchten

langsam sich dahin schleppender Stunden warteten.

Die Segel, sagte man mir, seien schon ausgebreitet.

V

Es bedürfe viel Mutes, den Schritt in den Untergang zu

wagen.

Wer würde sich nicht herausgefordert fühlen? Siehst du

dich nicht angesprochen? Ich kann dir die Antwort nicht

abnehmen, denn die Vorhänge des Verzagens öffnen sich

nur dem Orakel, das sich sichelförmig der Weisheit hingibt,

unter Laternen, deren Scheiben aus feinstem Glas poliert

sind — still, ja seltsam im Atem zitternder Zeiten. Denn der

Schlüssel des Verstehens ist schon verloren. Wusstest du es

schon? Oder streifst du immer noch in Kammern, in denen

Stiere ihr Unheil suchen, als stürmten sie über rote Weiden?

Aber vielleicht hast du schon lang aufgegeben und sitzt

am Abgrund, dort, wo die Geranien lange blühten, bevor die

Heuschrecken kamen.

Ich hoffe, du fändest Einkehr und verzweifelst nicht.

Weißt du, was Nichts bedeutet?

Ist das Nichts blau?

VI

Blaue Oasen ferner Zeiten, schriebst du mir einmal.

Wann es war, weiß ich nicht mehr. Ist es wichtig? Nein, ich

sehe nur die feingestickten Muster des Teppichs. Vielleicht

sehe ich auch dich wieder vor mir. Aber nicht, als schriebst

du mir. Denn vielleicht dachtest du an fliegende Türme, als

du mir schriebst. Vielleicht schriebst du mir nur, weil du

nicht an mich denken wolltest. Aber wie immer habe ich es

wohl nicht durchschaut.

Ich schlendere im Bernstein meiner Jahre.

In Reglosigkeit bin ich gefangen. Doch spüre ich es nur

selten. Es ist belanglos und wie sollte ich es auch wissen?

Denn niemand hat es mir erklärt. So kann es nicht wirklich gewesen sein.

Die Sanduhr der Geduld steht am Rand des Bordsteins, dort wo sich die Wege schneiden. Es dauert nur eine Ewigkeit. Spürst du? Oder schwebst du über smaragdenen Kristallen?

Taube, blaue Sterne.

Die Fähre der Rosen sehnt sich nach neuen Ufern.

Greifst du nach dem Schilf der Hoffnung?

DANK

Es ist mir eine große Freude, Susanne Kraft für das unge-

wöhnliche Einfühlungsvermögen und den feinen Sinn für

Sprache zu danken, die sie diesem zwischen Wirklichkeit

und Fantasie oszillierenden Text zukommen ließ.

Uwe Kohlhammer gilt mein großer Dank für sein kunst-

volles Talent, die mit schwarzen Buchstaben getippten

Manuskriptbögen in ein elegantes Buch zu verwandeln, auf

das der Glanz eines leuchtenden Blau fällt.

Boris C. Motzki möchte ich sehr für das von einem rei-

chen Wissen über die literarische und künstlerische Land-

schaft belebte Vorwort danken.

BÜCHER VON HILDEGUND HEINL
UND PETER HEINL

IM THINKAEON VERLAG

Neu erschienen als Buch und als EBook

**UND WIEDER
BLÜHEN DIE ROSEN**

Mein Leben nach dem Schlaganfall

Erstmals erschienen bei Kösel, München, 2001

Heinl, H.: Thinkaeon, London, 2015
(Neuauflage)

Erhältlich über www.Amazon.de

„MAIKÄFER FLIEG, DEIN VATER IST IM KRIEG ..."

Seelische Wunden aus der Kriegskindheit

Heinl, P.: Kösel, München, 1994, (8. Auflage)

Neu erschienen als Buch und als EBook

„MAIKÄFER FLIEG, DEIN VATER IST IM KRIEG ..."

Seelische Wunden aus der Kriegskindheit

Erstmals erschienen bei Kösel, München, 1994

Heinl, P.: Thinkaeon, London, 2015

(Neuauflage)

Erhältlich über www.Amazon.de

KÖRPERSCHMERZ-
SEELENSCHMERZ

Die Psychosomatik des Bewegungssystems
Ein Leitfaden

Heinl, H. und Heinl. P.: Kösel, München 2004
(6. Auflage)

Neu erschienen als Buch und als EBook

KÖRPERSCHMERZ-
SEELENSCHMERZ

Die Psychosomatik des Bewegungssystems
Ein Leitfaden

Erstmals erschienen bei Kösel, München, 2004

Heinl, H. und Heinl. P.: Thinkaeon, London, 2015
(Neuauflage)

Erhältlich über www.Amazon.de

Neu erschienen als Buch und als EBook

LICHT IN DEN OZEAN DES UNBEWUSSTEN

Vom intuitiven Denken zur Intuitiven Diagnostik
Ein Leitfaden in den Denkraum

Heinl, P.: Thinkaeon, London, 2014

Erhältlich über www.Amazon.de

Soon available

LIGHT INTO THE OCEAN OF THE UNCONSCIOUS

From Intuitive Thinking to Intuitive Diagnostics
A Path into the Realm of Thinking

Heinl, P.: Thinkaeon, London, 2019

Soon available via Amazon

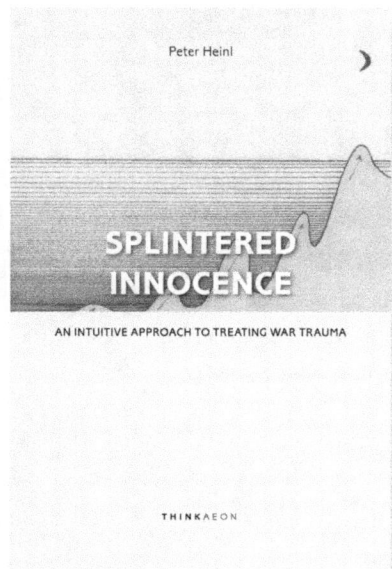

Neu erschienen als Buch und als EBook

SPLINTERED INNOCENCE

An Intuitive Approach to Treating War Trauma

Erstmals erschienen bei Routledge, London-New York, 2001

Heinl, P.: Thinkaeon, London, 2015

(Neuauflage)

Erhältlich über www.Amazon.de

Neu erschienen als Buch und als EBook

SCHLAFLOSER MOND

Im Labyrinth des Chronischen
Erschöpfungssyndroms

Heinl, P.: Thinkaeon, London, 2016

Erhältlich über www.Amazon.de

Neu erschienen als Buch und als EBook

LAVATANZ

Worte im schwebenden Raum

Heinl, P.: Thinkaeon, London, 2016

Erhältlich über www.Amazon.de

Neu erschienen als Buch und als EBook

ESTHER K.
GENANNT EMMA

Eine Märchenfantasie

Heinl, P.: Thinkaeon, London, 2016

Erhältlich über www.Amazon.de

Neu erschienen als Buch und als EBook

LICHTSCHNEE

im Wortraum

Heinl, F.: Thinkaeon, London, 2016

Erhältlich über www.Amazon.de

Neu erschienen als Buch und als EBook

DIE TAGE AM WORTSEE

Roman

Heinl, P.: Thinkaeon, London, 2016

Erhältlich über www.Amazon.de

Neu erschienen als Buch und als EBook

VERSECIRCUS

Heinl, P.: Thinkaeon, London, 2016

Erhältlich über www.Amazon.de

Neu erschienen als Buch und als EBook

WEISSES MARIONETTENPFERDCHEN

Theaterspiel

Heinl, P.: Thinkaeon, London, 2017

Erhältlich über www.Amazon.de

Neu erschienen als Buch und als EBook

DIE TÜRME DER ERINNERUNG

Erzählung

Heinl, P.: Thinkaeon, London, 2017

Erhältlich über www.Amazon.de

Neu erschienen als Buch und als EBook

STUFENGESANG

Erzählung

Heinl, P. Thinkaeon, London, 2017

Erhältlich über www.Amazon.de

Neu erschienen als Buch und als EBook

IM KÄFIG

Theaterstück

Heinl, P.: Thinkaeon, London, 2017

Erhältlich über www.Amazon.de

Neu erschienen als Buch und als EBook

TRAUMBAUM

Gedichte

Heinl, P.: Thinkaeon, London, 2017

Erhältlich über www.Amazon.de

Neu erschienen als Buch und als EBook

DAS ORAKEL DER BRÜCKE

Erzählung

Heinl, P.: Thinkaeon, London, 2017

Erhältlich über www.Amazon.de

Neu erschienen als Buch und als EBook

TINTENMEER

Ein Brief

Heinl, P.: Thinkaeon, London, 2018

Erhältlich über www.Amazon.de

Neu erschienen als Buch und als EBook

DIE KRÖNUNG DER ANHÖHE

Erzählung

Heinl, P.: Thinkaeon, London, 2018

Erhältlich über www.Amazon.de

Neu erschienen als Buch und als EBook

DIE SÄNFTE DES ZUFALLS

Erzählung

Heinl, P.: Thinkaeon, London, 2018

Erhältlich über www.Amazon.de

Neu erschienen als Buch und als EBook

UNFLUG

Eine surreale Reise

Heinl, P.: Thinkaeon London, 2018

Erhältlich über www.Amazon.de

Neu erschienen als Euch und als EBook

OSKARS WAGNIS

Erzählung

Heinl, P.: Thinkaeon, London, 2018

Erhältlich über www.Amazon.de

Neu erschienen als Buch und als EBook

BLAUWERK

Die Aufzeichnungen des Elias A.

Heinl, P.: Thinkaeon, London, 2019

Erhältlich über www.Amazon.de